天使

张程昊 著

四川民族出版社

图书在版编目（CIP）数据

天使/ 张程昊著. –– 成都: 四川民族出版社,
2019.5（2021.9 重印）
ISBN 978–7–5409–8294–2

Ⅰ.①天… Ⅱ.①张… Ⅲ.①诗集 – 中国 – 当代
Ⅳ.①I227

中国版本图书馆CIP数据核字(2019)第074578号

天使
Tianshi

张程昊　著

出 版 人	泽仁扎西
责任编辑	常丽丽
电脑制作	现当代文化
责任印制	郑 莉
出版发行	四川民族出版社
	（四川省成都市青羊区敬业路108号）
邮政编码	610091
装帧设计	成都现当代文化传播有限公司
印 刷	永清县晔盛亚胶印有限公司
成品尺寸	145 mm × 210 mm
印 张	5
字 数	40千
版 次	2019年5月第1版
印 次	2021年9月第2次印刷
书 号	ISBN 978–7–5409–8294–2
定 价	29.00元

喜欢你的心一路走过

哭过，笑过

爱过，恨过

快乐过，绝望过

从今天起

所有的一切都是经过

你是我人间的天使

目录
CONTENTS

第一部分　蓝湖

你是散落人间的天使

蓝湖（一）

那日望了你一眼

你就匆匆离去

我遗失的姑娘

我多想追随你而去

你美若仙子般地来到我的心

又这样消失

不带一句话语

蓝湖 (二)

我该怎么去追赶你
我一个人站在原地
心中千万声地呼喊
声嘶力竭
宛若狂风暴雨
你为什么要离去
为什么要到来
击打我的心
又把我的心撕裂
鲜血淋漓

蓝湖(三)

我忘记了关于前世的一切
却忘不掉你的身影

蓝湖（四）

从此我像动物一样冲动
眼睛里都是对你的渴望
和思念你的忧伤
我是一只对全世界绝情的动物
安静地趴在树上
渴望地望着月亮

蓝湖（五）

看过了你
就厌倦了风景
看过了你
心开始变得冷漠
看过了你
再也无法爱上别人
为什么偷偷看你的那一眼
你偏偏那么美丽
羡煞了世人

蓝湖(六)

我一直奔跑在路上
在漆黑的午夜
在寂静的凌晨
我跑向黎明到来的方向
一个人孤独地等待
为了来见你
点亮了一路的灯光

蓝湖(七)

也许是命中注定的相遇
那次遇见你
带走了我全部的魂魄
也许是命中注定的分离
那次遇见你
我再也无法为任何人活

蓝湖(八)

你去了哪里
我一个人等在原地
你去了哪里
我一直等在原地
直到冬天的风雪染白了我的头发
直到夏天的骄阳晒裂了我的皮肤
直到我等到两鬓斑白
直到在人间的最后一次呼吸
我再也没有爱上别人

蓝湖(九)

你那么圣洁
我如此渺小
我怎么有勇气向你靠近
我怎么有勇气告诉你我对你的喜欢
你那么洁净
我渺小如尘埃
我小心翼翼
生怕弄脏了你一点点的洁白

蓝湖(十)

你是天使散落人间
繁华了整个世界的人烟
上帝看了你一眼
赋予了这个荒芜的世界以生灵
以森林
以湖泊
和这个世界上
所有的美丽

蓝湖(十一)

我的眼睛化为了湖泊
承载所有为你流过的眼泪
你离开之后
我夜夜思念
双眼夜夜噙满泪水
夜夜等在你来过的那家店面
那间窗子
等着你回来

蓝湖(十二)

你是人间的天使
你的翅膀是整个世界最纯净的洁白
我渺小如尘埃
我知道
你的美丽我永远无法企及
我匍匐原地
眼神里充满了渴望
从此
我生命的意义
就是
夜夜仰望
仰望你圣洁的目光

蓝湖（十三）

既然要让我看到那么多的美好
又何必告诉我遥远得无法走近
为什么要赋予我生命
你那么美好
为什么会和我生活在同一个人间
你旁边的那个男人多么幸福
也许他永远不会知道

蓝湖(十四)

我生命里的太阳
是你眼中明亮的光芒
太阳每天照常升起
炙烤着我的绝望
燃尽我干枯的身体
燃尽我身体里对你的渴望
燃尽我的绝望

蓝湖(十五)

我的绝望伴我一天天地成长
带着对你的渴望
把我带到每一个没有你的地方
如果我的世界里有光芒
是你那一天无意间望向我的目光
你天使的目光
把人世间照亮
因为你的目光
荒无人烟的世界
生灵开始生长

蓝湖(十六)

我每一天每一夜都在思念着你

我活过的每一分每一秒都在思念着你

我走过的每一个地方都在思念着你

我看过的每一次日出都在思念着你

我的每一寸肌肤都在思念着你

我脑海里的每一个细胞都在思念着你

我说过的每一句话都在思念着你

我望向别人的每一个眼神都在思念着你

我知道你并不知道

在一个卑微的男人心里

如此执迷于你

我知道你并不知道

在一个卑微的男人心里

你圣洁得如此无法企及

我知道

我们不是一个世界

我不能冒昧地打扰

我会安静地蛰伏在自己的世界

想你的时候

写一首小诗给自己

蓝湖(十七)

我不能靠近你
所以只能默默地躲避着你
我不能靠近你
所以只能偷偷地思念着你
我不能靠近你
所以
你美丽的眼睛望着我的时候
我不敢看向你

蓝湖(十八)

我们不在一个世界
你坐在他身边的时候
那么美好
你每一次为他夹菜
你每一次望向他
那么温柔
你不知道
你沐浴在爱情里的时候
是多么美丽
沐浴着整个世界的光辉

蓝湖(十九)

你的到来
就是我的世界末日
你的出现
决定了一个人
一个世界
的生存
与毁灭

蓝湖(二十)

茫茫人海

多想再一次与你相遇

我是一条在干涸的河流里挣扎的鱼

多想听你对我说一句话语

哪怕只有一句决绝的拒绝

茫茫人海

我是一条绝望的鱼

再也找不到你

蓝湖（二十一）

在转过的每一个路口想起你

在路过的每一座大厦下想起你

在乘坐的每一列绿皮车厢里想起你

在每一片白云下想起你

在每一片飘着雨的天空下想起你

在每一把撑开的雨伞下想起你

在每一个有酒的故事里想起你

那个阳光温煦的午后

美好的相遇

蓝湖(二十二)

愿在下一个阳光明媚的晴天
在街角的拐角处
能和你再次不经意地相遇
那时的你
依然美若黎明

蓝湖(二十三)

遇见你的那一个瞬间

在从今往后的岁月里

无数次地在我的睡梦里浮现

遇见你的那一个瞬间

在从今往后的岁月里

我开始了没有故乡的游离

我知道

我永远不能代替那个男人

来到你身边

那些折磨我的执念

成了我以后的人生中

每一个无眠夜晚的梦魇

蓝湖(二十四)

啼血的夕阳

映照着我血色的绝望

我倒在血泊之中

望向夕阳里的阴影

燃烧着的黑色人影

是否也如这人间一样

惨烈

绝望

把胳臂割破

把命运割破

让这流淌的血液

冲破命运的藩篱

冲破命运的网

连起通往来生的路

来生还足够幸运遇见你吗

来生我可以追求你吗

血色的夕阳

血色的绝望

蓝湖(二十五)

每一次想你
我在黑夜里抱紧我的身体
我用尽全力地抱紧我的身体
我用尽全力地想你
可是
我不能靠近你
我的身体破碎了
我不要什么美好的明天
我只求这样默默地喜欢着你
我的身体破碎了
我的身体
像欲望一样流淌
我没有靠近你
我不能靠近你
我不能告诉你
我不能喜欢你
我不能拥抱你
我不能拥有你
我不能有对你的欲望

天使

我要离开你
我知道
我要离开你

第一部分　蓝湖

蓝湖（二十六）

每一个星光尚未离去的清晨
每一次汗水浸满脊背的奔跑
每一次梦里对你伸出双手
在每一个你清澈的眼神里
对他流露出爱意和温柔
我看到
那个男孩在漫无边际的星空
和黄色天际下的河流
尽情遨游

蓝湖(二十七)

遇见你的瞬间
我丢失了语言
往后的人生里
我愈来愈厚的镜片
愈来愈沉默的灵魂

蓝湖 (二十八)

我也在幻想着有那么一天

你不再留在他身边

我和你一起围坐在火炉边

聊一些温暖的往事

聊一些关于未来的事

可是

这些终究是幻想

是我睡梦里都不敢想的幻想

蓝湖(二十九)

你那一刹那的容颜
带走了我一生的欢颜
从此
我再也不知道如何对别人笑

蓝湖(三十)

曾经

你的出现

黯淡了整个世界的星光

惊叹了整个世界的美

天空为你崩裂

山谷为你崩塌

河流为你凝结

星月为你流泪

你的离去

世界不再有太阳和温暖

寒冷的星光和漫无边际的苦寒

包裹着这个世界

万物凋零

世界不再有生气

草木荣枯

没有了周期

灰暗的世界

等待着你来救赎

蓝湖(三十一)

看过了你的美
世界上再没有风景

蓝湖(三十二)

千帆过尽
落日归途
夕晖映照下
是永远走不完的路

蓝湖(三十三)

累了
走不动了
就这样捧着爱你的心
一个人到老吧
撑不下去的时候
孤独的时候
就一个人去看看夕阳

蓝湖(三十四)

你像河流里的游鱼一样逃走
我追赶得没有一点力气
你像一个巨大的秘密
笼罩着我
无法呼吸

蓝湖(三十五)

你突然地闯入我的生命
又像一条鱼一样消失
我抓不住你的尾巴
我久久地站在天空下
像一个祈求命运眷顾的傻瓜

蓝湖（三十六）

我的身体破碎了
在又一个破碎的清晨
迎接又一个没有你的早上

蓝湖(三十七)

我不要什么理想
我不要什么婚姻
我不要什么现实
我不要什么未来
我什么都不要
我只想穿过你蚀骨的拥抱
触摸你圣洁的灵魂

蓝湖（三十八）

我将要去打猎

带上我的猎枪

和对你的欲望

你的美貌

是我夜晚的天堂

可是

这人间把我阻挡

把我束缚在追赶你的路上

我的绝望的心

我的撕裂的心

为什么要我看到你的美

为什么要我活在这个世界

蓝湖(三十九)

我路过了丛林
跑过了河流
河水溅湿了我的双脚
荆棘划破了我的皮肤
我要跳进这清澈的河流
在清澈的水里和你拥抱
拥抱你清澈的灵魂
我要
溺死在这里

蓝湖(四十)

我拥抱的是你的身体
可是
我想进入你的灵魂

蓝湖(四十一)

你眼睛里的游移
是我和你的距离
你的眼睛看向远处
你站立在这里
感情却在别处

蓝湖(四十二)

每一次想念你之前
我都会洗干净自己的身体
因为想你
我的身体也变得神圣

蓝湖(四十三)

只求再靠近你一次
只求你再出现一次
只求再看你一眼
只求可以再想你一遍
只求在梦里再一次把你的肌肤吻遍
我愿用一生交换

蓝湖(四十四)

你和他的全部
都是我向往的生活
我该怎样和你告别
每一次的负重前行
换回的
不过是又一次的失望

蓝湖(四十五)

淡青色的天
大雨涂抹的车窗玻璃
宛如被泪水模糊的视线
本不该相逢
何以贪念挽留
好比凡人遇见仙子
你离开我
就是最好的结局

蓝湖(四十六)

你转向他的美丽的侧脸
夕阳下
映照着我的孤独
说不完的话
诉不完的倾慕
我想我该走了
走向没有尽头的归途

蓝湖(四十七)

人生漫漫长路

如何对抗生命的荒芜

和孤独

陌生的夜

拥抱陌生的身体

点一支红烛

如果我们可以相互倾诉

慰藉心灵的孤独

告诉我你的痛楚

和忘记的麻木

蓝湖(四十八)

孤独的夜

触碰那些陌生的身体

触碰那些身体里的欲望

触碰那些隐藏在身体里的遗忘

为什么靠近那些陌生的身体时

我还是在想你

为什么我始终不能走进那些身体

为什么我脑海里想的永远是你

我靠近那些陌生的身体

却隔着无法逾越的距离

就像我永远无法靠近你

蓝湖(四十九)

在这个荒谬的世界
一个陌生的男人抚摸着你
而我只能在寂寞的夜里
抱紧自己
在每一次幻象中
你精致无瑕的脸
浮现在我眼前
随即又化成了烟

蓝湖(五十)

抚摸着你的双手
注视着你
眼神里荡漾着对你的温柔和欲望
穿过肌肤抚摸你
我的欲望清亮得像天上的月亮
跳进你的眼神
无法自拔
让我们一起抵达人生的理想

蓝湖(五十一)

终究是无法实现

终究是无法到达

终究是无法触碰

终究是无法表白

今生的种种缺憾

是写进经书里

无法戳破的咒语

也许

来到此生的那一刻

已经注定了别离

蓝湖(五十二)

遇见你的一刹那

心中升腾起的

欢腾

欢喜

共生着悲伤

和游离

带着天然的

克制、冷静、静默和禁忌

我微笑着路过

不吐露一句话语

我恍然参悟

颠沛的疾苦

情欲的困顿

爱情的无法实现

是早已注定的预言

是无法道破的谜语

是早已写好的书籍

天使

蓝湖(五十三)

睡梦里都是你美好的身影

你话语里的轻柔

如轻纱般飘过我的耳际

将我缠绕

包围

小溪自由自在地流淌

鸟儿欢快地啼鸣

微风吹过山谷

你明眸皓齿

眼睛里是浩瀚的夜空

朱唇翕动

说出世间最动人的情话

我愿永远生活在梦中

不再醒来

蓝湖(五十四)

渐渐下沉的光线
暖色升腾的天
袅袅升起的炊烟
是故乡的温暖在召唤我
可是
我始终困在关于你的迷梦中
不能醒来

蓝湖(五十五)

我的一生

是不停地走向你

你的一生

是让我淡忘你

你的一生

是让我疏离你

你的一生

是让我遗失你

你的一生

是让我不再想起你

你的一生

是让我离开你

蓝湖(五十六)

我站在远方遥望
看到了你的微笑
感觉到了你笑容里温暖的拥抱
你的欢颜
像四月的下午一样美好

蓝湖 (五十七)

你温柔的脸颊
是我一生越不过的山岗
你微风里扬起的笑
是我奋不顾身的勇往
你精灵般轻笑转身
是我彩蝶翩跹的想象
你在天空下托腮仰望
是我忽闪着眼睛的迷惘
你和他依偎着离开
是我葬身疆场的收场

蓝湖(五十八)

有你的岁月

像清泉一样流淌过我心间

连你最后的离开

都美好得像盛开的雪莲

你我擦肩而过

带着年少的青涩

是少年头顶滑落的花朵

今晚的晚霞格外灿烂

是你曾经的出现

给了我每一个傍晚

绵延至天际的怀念

天使

蓝湖(五十九)

你的嗓音

破碎而温暖

一如午后打在草地上阳光的碎片

久未见阳光的你

身体得到片刻的休息

我静静地观望

你小心地侧过脸颊

你的人生

你冷静地把持住自己的欲望

惨烈而绝望

阳光下你的脸

苍白而明媚

没有他的漫漫长途

在每一个黑夜里

你缓慢地将自己的身体撕裂

蓝湖(六十)

你的眼神无光

空洞的眼神里

是灵魂的残破

是你对爱情的渴望

你夕阳般惨烈而鲜艳的红唇

点燃一根烟

燃烧着渴望

燃破冲不出的网

我知道

你就要死去了

带着对他的执念

带上我吧

带上我一起

燃烧尽身体

化为涅槃的飞鸟

化为张开翅膀的天使

飞向遥远的天空

蓝湖(六十一)

喜欢你

是今生尝过的最烈的毒药

吹过的最烈的风

爬过的最高的山

是今生越不过的山峰

渡不过的苦海

爬不出的牢

我快要被囚死掉了

蓝湖(六十二)

我最幸福的事
就是远远地微笑着看着你
你最幸福的事
就是和我保持着朋友的距离

蓝湖(六十三)

每当下起雨的时候
我都习惯哭泣
因为
想你

蓝湖(六十四)

所有的街灯开始熄灭
这是一个摇摇欲坠的世界
世界像一个巨大的游乐场
在我的面前摇晃
闪烁的霓虹灯下
凝固了表情的少年乘坐着旋转木马
蜡像一样精致的面容
让人沉浸

世界开始剧烈摇晃
我背转过身

蓝湖（六十五）

我从遥远的国度而来
跨过了山与海
风雪积落我的头发
飘落到我的脸颊
我看到一所亮着灯的屋子
我知道我找到了你的家
我站在了你的门外
等待着
你温暖的笑
再次到来

蓝湖(六十六)

我知道
永远无法走近你
我知道
我和你
永远隔着两个世界的距离
我只能
远远地观望
可是
我还是喜欢你

蓝湖(六十七)

病态的她

撕扯着爬满条纹的衣服

皱纹爬满她年轻的脸

焦虑爬满她伤痕累累的心

透过雕砌漂亮窗棂花的窗户

她望向遥远的天空

眼神里爬满忧郁

她说她梦到深爱着的他

带她乘上一条船

海洋的远处

雾气弥漫

远远地看到指引方向的灯塔

却不能靠岸

他坐在她的身边

却不能带着她一起靠岸

她坐在他的身边

却触摸不到他的微笑

他的微笑

升腾在雾气中

无法触碰
他的微笑
跟随着升腾的雾气一起
跟随着远方的灯塔一起
越来越远
消失不见

第二部分　流星

你是一颗流星

迅疾地划过天空

然后

消失不见

带着惊叹世界的美

流　星

也许你永远不知道我对你的喜欢
在每一个极光闪耀的夜晚
也许你永远不知道我对你的喜欢
慢慢归途
沙漠孤舟做伴
也许你永远不知道我对你的喜欢
漂流的心
何时能够靠岸
也许你永远不知道我对你的喜欢
就像漫过岩石
流水的清浅
也许你永远不知道我对你的喜欢
就像爸爸给熟睡的女儿盖上被子时
内心的柔软
也许你永远不知道我对你的喜欢
陌生的城市
陌生的夜晚
默默地对着远方的天空
道一声晚安

就让你永远不要知道我对你的喜欢
所以
我选择在你离开以后
一个人去中山

第二部分　流星

雪

你晶莹的名字
落在我心里的一刻
是你走进我生命的一刻
你纯洁而平凡的名字
是我内心星空一样繁复的镌刻
我意识到的太晚
没有去留下你
你已经消失在了回忆的角落
大学四年的记忆已经模糊
模糊地只有背向而行的你和我

雪　夜

累了
多希望你能在身边
多希望回到年轻的时候
多希望回到那些有你的夜晚
有奔波的疲惫不堪
有你在身边的陪伴
多希望回到两个人并肩投下身影的湖面
我们的大学
我们对爱情纯洁的向往
一如窗外的雪
一如今夜皎洁的月
一如你美丽的名字

哭　泣

窗外下起雨的时候

是谁在哭泣

你的心受伤的时候

是谁在抱紧身体颤抖的你

这个阴冷的秋天

我选择悄悄离去

没有留下一句话语

你也早已习惯了风吹雨打

在这个飘摇的人世

像一朵被暴雨袭击的花

阴霾的天空没有了四季的交替

繁花不再盛开

花朵也伤透了心

飘摇的风雨

飘摇的四季

我悄悄地和家人告别

我悄悄地离去

我来到了紧邻深圳的广州

我在广州等你

温　暖

世界给我寒冷

可是

我愿把身体里所有的温暖给你

寒冷把这世界包围的时候

飞鸟飞离这个寒冷的世界的时候

我愿把裹紧身体的棉被里仅有的一点温暖给你

我愿把狂风中摇曳的一盏灯火给你

我愿把残留到最后的体温给你

我愿意把我的所有

给你

南　宁

南宁

我知道你不会忘记我

在每一个我想起你的时刻

在每一个我无法忘记你的时刻

你对他的无法遗忘

感情的无法阻挡

在每一个孤独的夜晚

深深地刺伤我的心

我流着眼泪

紧紧闭上眼睛

也不能让内心安宁

也不能让内心安静

我用泪水洗刷干净

扑满尘土的脸

干净得一如你美丽的黑色眼睛

南宁

我匆匆路过

一不小心

把你对他的深情看破

南宁

我穿着白衣

带着少年时的心事路过

我虔诚地祈祷

内心干净而透明

我冷静地看着

年少的你

对他的深情

蓦然陡增

飞 行

你来过的地方已经变成了空地
依稀还遗留着你身体的香气
我无数次地在梦里飞行
航线却始终无法抵达
关于你的梦境
我终将消失
像一个在天空中陨落的飞行员
我生的使命
是梦境里
与你一起飞行

小 丑

你那么美好

我像是一个遗失了表情的小丑

站在原地

任由你宰割

我带着扭曲了表情的脸

跪地爬行

只求触碰你美好的身影

你的笑

凝结了全世界的花容

承载了全世界的美好

我只求再见你一面

我愿用一生交换

佛 陀

远处的诵经声呼唤着我
我活过的每一天
都在等待着与你的重逢
我活过的每一天
都在等待着明日的转世
搭上通往来世的天梯
离开这劫难充斥的红尘
只为能在来生
再看你一眼
如果你在前往来生的路上
看到一个眼睛里有佛光的佛陀
那是一个爱过你的灵魂
我愿用一生超度
佑护你生生世世的平安

经　书

像昙花甘愿为夜空凋落

像晨风甘愿为流云静默

历经苦难的佛

夜夜苦苦折磨

不该动了情欲

犯了禁忌

相隔两个世界

尝尽惩戒的苦涩

痴迷你的已有那么多人

不应再多一个我

我们本不是一个世界

我怎能贪恋红尘的美好

动了情欲

点燃红尘的烟火

这烟火多么美丽

只为你绽放

阿兰（一）

阿兰
和我讲一讲你的故事吧
你闪烁的眸子
是我一生放不下的坚持啊
阿兰
和我讲一讲你的故事吧
你和他的故事
是否像那绵延的山川一样长
你对他的情
是否像你的长发一样长
你对他的思念
是否像你的一生一样长
我对你的思念
是否像你的一生一样长

阿兰（二）

阿兰

如今的你也苍老了吧

年轻时的你

终究是没有越过那片海

年轻时的他

终究是辜负了你的等待

阿兰

如今的你也苍老了吧

眼睛再也不能看清

那些书里的故事和照片里的人了吧

阿兰

你的心也苍老了吧

纸窗烛光边的你

是否已有青丝的斑白

阿兰

时光已苍老

你还是无法放下那些故事吗

阿兰

我划过洱海

来到南宁看望你

阿兰

如果你还等在那片花海

阿兰 (三)

我放下了所有
只为这一生与你的相守

相逢（一）

我和你于这人间相逢
可是
我终究是无法进入你的世界
和你的相逢如梦
你的身后
笼罩着午后阳光的温暖
和七彩霞光的神圣
在你的世界里
终会有人与你风雨与共
不是平凡人可以随随便便陪同
在此诀别
在一个你不知道的世界
一个你不知道的小丑
为你默默守望
你的一颦一笑
牵引着我
抵达生命虚无的终点

相逢（二）

我想走近你
我害怕这世界消失得太快
来不及抓紧你

我想走近你
我害怕这世界消失得太快
来不及拥抱你

我想走近你
我害怕这世界消失得太快
来不及陪伴你

我想走近你
我害怕这世界消失得太快
来不及爱你

相逢（三）

为何你总是饱含热泪
为何你的眼睛里
有那么多的沧桑
为什么你不再轻易相信
为什么你不再让热情的人们
靠近你的心
你的心包裹着玫瑰花茎尖利的刺
划伤了靠近你的人
鲜血淋漓
但是我相信
总会有那么一个人
让你不再害怕受伤
只希望有一天
你能像他一样勇敢

天使

相逢(四)

尘世艰辛
找一个人红尘做伴
瑟瑟寒风中
双手保护起一簇火焰
给你星星点点的温暖
艰涩时光中
给你一个家
让你不再被这世界的寒冷侵蚀
匆匆赶往来生的路途中
给你一点微笑
让你在晨光熹微的清冷清晨里
再一次点燃希望
再一次笑出声来

七　月

渐渐沥沥的小雨

飘落路面

下在心里

雨

打湿路面

打湿公交车窗玻璃

打湿望眼欲穿

穿过车窗

穿过每个路人

寻找你的双眼

打湿突然被泪水模糊的视线

打湿我的思念

打湿我心里的残缺

打湿下着雨的

街道上没有人的情人节

在想你的夏天

在想你的七月

童 年

我有一个孤独的朋友
他从很小的时候开始
就不喜欢说话
他喜欢在一个人走路时
低着头
不会看天空飘过了忧郁的云
不会看到晴朗的天空
忽然乌云密布
下起了雨
后来
他爱上了一个不爱他的姑娘
他变得更加不喜欢说话
我一个人在一座陌生的城市
看着滑落雨滴的玻璃窗喝咖啡的时候
会想起他
想起那个不说话的朋友

第三部分　流浪

你的感情坚硬得像一颗石子
抵在我的喉结

流浪(一)

不该打扰你已有的甜蜜
把单恋的苦楚全部留给自己
也许在下一个晴朗的下午
就会潇洒地把你忘记
虽然在身边没有人的时候
还是会不经意地把你想起

天使

流浪（二）

单恋是一条通向拉萨的朝圣路
我是那个最虔诚的信徒
遇见你是上天赐予我的礼物
双膝跪地沿着血迹匍匐
经书里那串灵异的佛珠
雪域高原圣洁莲花的深处
为了梦境中的幸福
我甘愿忍受长途跋涉的辛苦
可是
这只是一场没有悬念的赌注
一场错过了日期的演出
我愚蠢冲动地献出了全部
只要你幸福
我愿意酣畅淋漓地输
这一次我领教了现实的残酷
也许我该早早地退出
才能逃过这单恋的辛苦
遇见了你
可是你身边有了他

现实远比童话残酷

所有的后悔都已于事无补

不能破坏你已有的幸福

心中圣洁的女神容不得任何人玷污

忏悔着写下一本暗恋的自白书

闭上眼睛迎接宿命的孤独

流浪(三)

夜空里闪过的火焰
嘲笑着昨天许过的愿

流浪（四）

你不经意的每一句话
都是我无法忘记的话
推开窗子呼吸清新的夜风
沉重的身体变得羽毛一样轻盈
心情如此的透明
是你把我变成了那个可以乘着夜风飞行的精灵
喧闹的心一下子变得安静
透亮得像一块讲述着爱情的浅紫色水晶
清澈得像你有着漂亮长睫毛的眼睛
风吹响了屋顶的风铃
天籁一般安宁

流浪(五)

最是那销魂的一回首
痴情人夜夜为你空消瘦
思念
思念

流浪（六）

沦落人斜倚孤灯

红尘似梦

往事如风

一场梦

一阵风

一场空

流浪（七）

好想和你一起去南京
哪怕看到的
永远是你和别人在一起的背影
哪怕只能做你婚礼上
烘托气氛的背景
哪怕一生孤苦伶仃
像一叶飘落人世的浮萍
哪怕活过的每一天
都被泪水模糊了眼睛
看着你远去的背影
却怎么也看不清

流浪（八）

不知我的心意你是否已明了
梦中的你
总是像刚出嫁的新娘一样
娇羞
含笑低首
温柔盈袖

流浪（九）

湖边的天鹅
笼里的稚鸽
郁金香环抱的风车
赞美生活的谆歌
有了你
每一天都是那么的
快乐

流浪（十）

夜色微茫
天地苍凉
最后一家咖啡店已打烊
没有你的城市
哪里才是家的方向

流浪（十一）

海上
清晨的薄雾里出海的船队
船号声喊得嗓音沙哑
金笛声高亢得赛过了海里翻腾的浪花
漫天漫水的寒沙
封印在漂流瓶里没有说出的情话
健硕的老船长一手摇着船桨
一手挥舞着渔叉
金黄色的海岸上拍打着雪白的浪花
冲洗掉了那句刻在沙滩上
没有说出的话

流浪（十二）

思念像涨潮
一波未消
一波又起
淹没了伊人撑伞踏过的小桥
淹没了河岸边沙雕的城堡
淹没了少年维特的烦恼
淹没了第一次咬开未成熟的草莓时
酸中带甜的味道

流浪（十三）

暗恋是一片火海熊熊燃烧

闭上眼睛

纵身一跳

冷漠的心因你的一句关心

而沸腾

而燃烧

你的回避又让我一天的情绪

瞬间跌到了低潮

单恋不是煎熬

我为悄悄地喜欢着你而骄傲

遗失的心再也无法寻找

闭上眼睛

你的倩影擦不掉

看不见你的日子

心在烈风里飘摇

相思是命里的劫数

我知道我已在劫难逃

流浪(十四)

好想拿一生的幸福来交换
只求能与你有一天短暂的相恋

流浪（十五）

梦里来到古老的哥特城堡

有人告诉我

邪恶的巫婆把你锁进了城堡地下深深的监牢

想看到你的笑

徒手攀着云梯越攀越高

身后的地板上插满了尖刀

可是

我不害怕纵身往下掉

自从那次遇见了你的好

从此

相思的长夜里

再也无法睡着

流浪（十六）

想你却再也不愿说出口
突然变成了不会说话的玩偶
天空中高悬的北斗
向左向右分岔的路口

流浪（十七）

未来的生活总是让人忍不住遐想

在海边买一栋楼房

左边是神圣的教堂

清晨起床

可以听到唱诗班的吟唱

右边是一块苗圃

推开木门就闻到花的清香

家里有一个灯光柔和的小厨房

有涂着蓝色油漆的墙

有涂着白色油漆的百叶窗

早早下班为你煲一罐汤

然后敲开邻居的门请你品尝

你温柔地依偎在他的身旁

他英俊帅气线条硬朗

笑容阳光而健康

不会像我一样为爱痴狂

不会像我一样萎靡颓唐

不会像我一样

眼睛里总是写满思念一个人的忧伤

流浪（十八）

单恋得走火入魔
欺骗自己你从来没有来过
欺骗自己你从来没有来过我的生活
跪在寺庙里问佛陀
以后的人生怎样过
佛说
由你决定我的死活

流浪（十九）

早已计划好以后的人生
去你的故乡流浪
走遍每一座城市和村庄
走遍每一个你去过的地方
和童年的你一起成长
体会那些你曾经有过的梦想
需要我的时候
带给你一些力所能及的帮忙
不需要我的时候
站在你看不到的地方
远远观望
人生
不过这样

流浪（二十）

内心如此明了
就这样一个人孤单等你到老

流浪（二十一）

烟雨的江南

好想亲手把结婚戒指套在你的指尖

好想亲手为你穿上白色婚纱

带上银色的铂金项链

好想亲手为你描上眉黛扑上脂胭

好想背着你小跑到我们新房子的门前

想象着全世界最美的新娘

即将在眼前出现

幸福到失眠

流浪(二十二)

还是会偶尔地失落

还是会偶尔地难过

还是会偶尔地失眠

还是会把大街上长发披肩的背影看错

请原谅我不够坚强

总是把失望写在脸上

总是说服自己释然

心却仍是迷茫

盼望着下课的时候

悄悄地躲在教室的门外

偷偷地向你坐的位置张望

可是又害怕面对你时

语无伦次手足无措的惊惶

想念每一次与你假装的相遇

想念每一次你微笑着甩着头发转身离去

想念每一次意外的惊喜

想念每一次你对我笑时惊颤得喜极而泣

一直没有忘记

天使

流浪（二十三）

天气回归晴朗

北方大地的阳光

一如北方汉子性格的粗犷

炽烈明亮

洁净干爽

涤荡着天地的苍茫

到处是刺眼的白晃晃

孤独地站在街道的中央

睁大眼睛直视太阳

毒辣的阳光刺痛了眼

泪水沿着眼角流淌

冰冷的眼泪吸收了阳光

沸水般滚烫

就让这毒辣的太阳把我的眼睛灼盲

总有一天它再也看不到你

在你出嫁的某个地方

流浪（二十四）

站在野外的空地里
绝望地嘶声喊叫
凛冽的风在耳边呼啸
呼喊声在风中越来越小
对你的思念还是停不了

流浪(二十五)

一个人的旅途从不寂寞
不再爱别人的心从此上了锁

流浪（二十六）

请不要怀疑
请相信自己
你身上有这种魔力
让一个喜欢你的人
为你着迷
让一个喜欢你的人
一生跳不出包围

流浪（二十七）

寂静的树林

飘着凄婉的琴音

受了伤的心

一个人眺望着远方的天空失神

你的语气不容置喙

寒冷袭彻全身

落寞的黄昏

暗潮起伏的海滨

满心的酸辛

海水冲刷着一串串寂寞的脚印

流浪(二十八)

一生只爱这一次
少年的心已死
记住你喜欢的浅紫
心上刻下永生难忘的两个字
一颗寒星在半空里窥伺
我匍匐在沙地里画字
下一站
归元寺

流浪（二十九）

乌云在天边叠成堆

沉默的天空炸响了惊雷

亲手折断那支精心准备的玫瑰

屋子里摆上孤独的鸢尾

久未晒太阳的心情发了霉

悄悄地喜欢上了你的美

抱紧你的欲望

是心里生出的妖冶的魔鬼

是千百石的担子抬上了肩背

这份喜欢一出生就带着原罪

丢弃了的吉他上堆满了灰

好想冲到你面前说喜欢你

走过的路不能后退

动了的情不能被封印收回

不该跨越两个世界的距离

喜欢你

轻轻地在心里叹一声吁喟

不是每个故事都有一个快乐的结尾

流浪（三十）

下次再见我
我一定会干净洒脱得像冬天的阳光一样
不会让你发现我小心隐藏的悲伤
潇洒得对一切都不在乎
不羁的浪荡
是不被任何人看穿的表象下
隐藏的酸楚和凄凉

流浪（三十一）

你离开的那天
站在雪地里的我笑得疯癫
弥漫的痛苦没有边沿
天地间白茫茫一片
泪水混合着雪水
模糊在眼前

流浪（三十二）

耀眼的闪电撕裂了夜空

故事太快进入了尾声

流星坠落

万物静默

还未来得及开放的花蕾

夭折在了心上人的手心

愿未来的日子里

你能很快忘记我

我愿化作那颗为你亮起又迅疾消失的流星

一个人孤单坠落

流浪（三十三）

在我托腮凝望的每一个夜晚
你是划过夜空的流星
在我的内心闪耀

流浪(三十四)

绝望的心一点一点撕裂
说话的语气应该怎样拿捏
我知道是我的执念摧毁了一切
心中的希望之火终于熄灭
我知道
在遇见的那一刻
就意味着诀别

流浪（三十五）

终有一天会结婚
和一个爱我的但是我不爱的人
或者和一个不爱我
我也不爱的人
一起虚度这人生剩余的光阴
忘记曾经桀骜而惨烈的青春
忘记那些坚持
曾经如烧不死的野草一样坚韧
忘记失眠的夜里
看过的那些星辰
忘记年轻时决绝的爱与恨
冰冷的唇
失去了温度的吻
从此只有身体的沉沦
再没有一辈子只对一个人好的认真

流浪（三十六）

色彩浓艳的向日葵绝望地开到萎靡
没有希望的生活像荒芜的田野一样颓靡
我向上天发誓要把我的童年留给你
可是在你遥远的不可抵达的心里
我永远渺小得算不上什么东西
小时候也曾那么阳光那么开朗
那么饱满那么热情地热爱着生活
曾经那么坚定地相信爱情
什么都愿意放弃
只希望心里的那个人也一样
能把我珍惜

第四部分　花海

去一座想去的城市
爱一个想爱的人

云　雀

你从南方来到了遥远的北方
因为
冬天过去了
可是
这里依旧寒冷
在这里你依然寻找不到爱情
于是
你还是要回到南方
你还是要回到南方

星　辰

无眠的清晨

浩渺的星辰

吞吐的暗色雨云

把天际线吞噬

把未亮的天空吞噬

把我对你的思念吞噬

我在无人的道路上狂奔

在天色未亮的清晨

热烫的思念在心中翻滚

在即将抵达你的终点

远方的道路和天际交汇

我向天空呼喊

把对你的思念洒满星河

浇灌我的渴望

在恋人诀别的红河

我的思念飞过绵延的山川

飞过绵延的海岸线

在沧海上空盘旋

我是找不到方向的苍鹰

眉头紧皱

我是大海上的孤舟

思念你的心是行星交错的宇宙

闭上眼睛

是思念你的迷幻

我的手变成了有魔法的魔杖

在融汇四方的道路中央

对你的思念

飞跃了现实

超脱了身体

升腾起的空气

幻化为天使

和你一样美丽

天使

武汉（一）

无眠的城市
夜
一个人压着马路
慢慢走近的
是两个人的心
黎明一样明亮的柏油马路
你的身影一点一点靠近
陌生的城市
是你的心与我孤单为邻

武汉（二）

锦缎般的蓝天

欢快的白云

青春的爱情在飞舞

漫天的云朵

翻滚着跑向我

溪边奏响的木琴

是关于我们的故事

最动听的阐说

少年的爱意如何倾吐

偏执又如何

落寞于人间的我们

如何让这世界记得

我们曾来过

少　年

你穿着白衣

在开满淡紫色野花的路上等着我

你说未来很遥远

遥远而又美好

你说未来一定会很美

美好会在未来某一天的一瞬间到来

像星星眨着眼睛

月亮浮上白昼尚未褪去的天空

回忆慢慢变淡

七年之前

你穿着白衣

像一只欢快的小兔子

在野外的小路上蹦蹦跳跳

我安静地跟在你后面

在夜色降临田野的时候

一起走进无声的遥远

安　庆

那时的天
那时的炊烟
那时的垂杨
那时的柳岸
那时天柱山下的茶香
那时浩渺的云海
那时你仰望天空的凝眉
那时你含羞时的低首
那时我不经意的回头

时　间

如果没有发生那些事情
明天的我们会在哪里
天边的云会飘向哪里
落日会消失在哪里
女儿的幸福会绽放在哪里
发生了那些事情
时间的列车会驶向哪里
掠过海岸线的白色飞鸟会飞向哪里
黑夜的尽头会在哪里
流浪的我
有一天走累了
会死在哪里

花　灯

终于还是没有和你走到更远的地方
说不出的
是心里的苦
和对你的思念
心里怎么会没有痕迹
入睡前依稀还留有你的气息
每当花灯照亮整条街市的时候
是我一年中
走出去的一天
花灯照亮我许久未见人的灰色面庞
照亮我的心房
寒冷的天气里
心里有了一丝暖意
花灯的光影中
依稀是你抱着女儿的画面
每当夜晚亮起灯的时候
总是在我的脑海中浮现

黑　白

时光停驻的那一刻
是静默的黑白色
所有的人都沉默了
在这个静默的时刻
墙上和你拍过的黑白格
还没有褪色
可是你已经走了很久了
你的相片提醒了我
撩拨着内心的苦涩
我多想坠入回忆里
年轻的你拥抱稚气的我
给过你的快乐
你是否还记得
年轻时你给我的誓言
你说过就忘了
我却一直还记着

闰 月

——写给女儿

你是我闰月出生的太阳

在七月想你的夏天

带给我海滩的阳光

你出生后的每一天

我打开窗子的时候

迎面都吹来迷人的海风

越过那片云海

我看到绵延的海岸线

你已经出现

叫我怎么说再见

你已经给我的生活涂上沉迷的魔幻

叫我怎么说再见

144

孤　独

我孤独无助
只有哭泣
泪水滑落在脸颊两旁
困在街道中央

渐渐下沉的夕阳
是逝去的暖煦时光
你的谎言
欲盖弥彰

我想象着你有了自己的幸福
我久久地蜷缩在道路中央
孤独得像个无家可归的孩子一样

结 尾

写了那么多的故事
却没有留一页给你
曾经
那么多年
你对我的感情
也一如我的执迷一样
纯洁而美好
我们都是人间的失落者
注定活在别人的故事里
注定活在别人的阴影里
注定
只为别人而活

安好
爱过我的人
To C

天使

旅　途

忧郁了很久
想和你走出这扇门
一起去看辽远的山河
一起去看星河的辽阔
一起去看星星的不眠
一起去看漫天的星火
为你闪烁

红　尘

你为我披星戴月而来
当我在红尘中找不到方向的时候
当我在红尘中疲惫奔波的时候
你在黑夜中穿梭而来
带我在林深处见鹿
带我在海蓝时见鲸
带我去看所有没有看过的风景
我曾经以为
我的一生
永远不会见到这些美好的事物
永远不会见到
今晚这样迷人的月亮

光 芒

我看到了光芒

在黑夜尽头的方向

在黑夜即将走向尽头的地方

我看到白色的光把整片黑夜照亮

就像你拥抱我的瞬间

就像那些你没有对我说出的语言

我看到了光芒

在黑夜尽头的方向

我看到白色的光芒绽放

在天还未亮的临界

我看到耀眼的光芒万丈

在昨天燃尽的地方

伸展双臂

我看到明天在到来

我看到在耀眼的光芒中

迎面走来的你

短　发

——记录一次火车上的相遇

短发的你
丢不下对人生的执念
你的短发洒脱而干净
潇洒得像你的遗忘
每当看到你的故作坚强
泪水在我的心里流淌
你说你会把那些往事遗忘
你拉开窗帘
阳光洒满整间车厢
无法阻挡

你依然美丽
可是却依然无法把他忘记
时光像一块橡皮
却擦不去他在你心里的痕迹
你干净的别着发夹的短发
你温暖的笑容
你轻轻扬起的嘴角

天使

他们看不到你心里的秘密
可是我只想心疼地抱紧你
一如火车上的偶遇

第四部分　花海

火　车

绿皮的火车
开往下一个时刻
开往下一个忘记你的时刻
在下一个时刻
能否忘记你
能否有一片不再飘满雨的天空
能否有一个阳光温柔的太阳
这个离合的人间
被温柔的太阳
充满爱意地注视着
我张开双臂
在温暖的阳光里
等你拥抱我

尾　声

——写给写作期间一直关心着我的女子

抱歉
辜负了你的深情
我们在这人世浮沉
找寻一个爱的人
别人无法赋予的
抱歉
我也无法说服自己给予
依然很感激
依然要说一声谢谢
愿没有我的日子
你每一天依然神采飞扬
依然是那个打不倒的你
愿你过得幸福

你选择遗忘的

是我最不舍的